Phidal

Le film LA PRINCESSE ET LA GRENOUILLE Copyright © 2009 Disney, histoire partiellement inspirée du livre THE FROG PRINCESS de E.D. Baker. Copyright © 2002 publié par Bloomsbury Publishing, Inc.

2009 Produit et publié par Éditions Phidal inc.
5740, rue Ferrier, Montréal (Québec) Canada H4P 1M7
Tous droits réservés
www.phidal.com
Traduction : Valérie Ménard

ISBN-13 : 978-2-7643-1154-7

Imprimé au Canada

Nous reconnaissons l'aide financière du gouvernement du Canada par l'entremise du PADIÉ pour nos activités d'édition.
Phidal bénéficie de l'appui financier de la Société de développement des entreprises culturelles (SODEC).
Gouvernement du Québec – Programme de crédit d'impôt pour l'édition de livres – Gestion SODEC.

_D_ans un manoir de La Nouvelle-Orléans, la petite Tiana était assise dans la chambre de son amie Charlotte LaBouff. La mère de Tiana, Eudora, cousait une jolie robe tout en racontant l'histoire d'une grenouille qui devait recevoir un baiser pour redevenir un prince.

« Moi, rien au monde ne pourrait me faire embrasser une grenouille ! s'exclama Tiana.

— Moi, je donnerais un baiser à toutes les grenouilles de la Terre si je pouvais ainsi embrasser un prince et devenir une princesse », déclara pour sa part Charlotte.

Lorsqu'elle rentra chez elle, Tiana aida son père, James, à préparer le repas. Tiana et James avaient un rêve… celui d'ouvrir leur propre restaurant.

« C'est le meilleur gombo que j'ai mangé de ma vie ! déclara James. Un tel talent ne doit pas rester inconnu. »

Bientôt, tout le voisinage se mit à venir chez Tiana pour goûter à ses plats exquis.

Un jour, tandis que Tiana s'apprêtait à aller dormir, James lui proposa de regarder l'étoile du soir et de faire un vœu.

« Et si tu travailles fort, tu pourras réaliser tous tes rêves, dit James. Mais n'oublie jamais de respecter tes principes. D'accord ? »

Aussitôt que ses parents eurent quitté la chambre, Tiana fit un vœu.

« Aidez-nous à ouvrir notre restaurant », demanda-t-elle à l'étoile.

Les années passèrent, et Tiana devint une ravissante jeune femme. Son père était décédé, mais elle rêvait toujours d'ouvrir un restaurant. Elle servait donc les repas au resto de Duke jour et nuit afin d'épargner l'argent nécessaire à la réalisation de son rêve. Elle savait que, si elle travaillait fort, elle y parviendrait.

Un jour, le prince d'une contrée lointaine arriva
en ville. Contrairement à Tiana, le prince Naveen n'aimait
pas travailler. Il était venu à La Nouvelle-Orléans car il
raffolait du jazz, et cet endroit était le lieu de prédilection
de tout amateur de jazz. Dès son arrivée, il se joignit aux
célébrations du Mardi gras. Son valet, Lawrence, avait du
mal à le suivre !

Tout le monde ne parlait que de la présence du célèbre prince, sauf Tiana, qui n'y prêtait pas attention. Elle était beaucoup trop occupée pour ça et n'avait même pas le temps d'aller danser avec ses amies.

« Je vais faire deux quarts de travail aujourd'hui, déclara Tiana.

— Tout ce que tu sais faire, c'est travailler », laissa tomber son amie Georgia.

À ce moment, Charlotte et son père, Big Daddy LaBouff, entrèrent dans le restaurant de Duke.

Charlotte expliqua à Tiana que le prince Naveen serait présent au bal masqué que donnait son père le soir même et qu'ils avaient besoin de plus de cinq cents beignets pour les invités.

Après que Charlotte eut payé les beignets, Tiana se retrouva avec suffisamment d'argent pour verser un acompte pour son restaurant !

Cet après-midi-là, accompagnée d'Eudora, Tiana fit une offre pour acquérir le bâtiment de l'ancienne manufacture de sucre. C'était l'endroit que son père et elle avaient jadis choisi pour ouvrir leur restaurant.

Les agents immobiliers, monsieur Fenner et son frère, monsieur Fenner, acceptèrent son offre avec plaisir. Tiana allait enfin pouvoir réaliser son rêve !

« N'est-ce pas merveilleux, maman ? dit Tiana en s'imaginant déjà dans son propre restaurant. C'est l'endroit dont papa et moi avons toujours rêvé.

— Tiana, répondit Eudora, ton père n'a peut-être pas réalisé son rêve, mais il possédait quelque chose de beaucoup plus précieux. Il avait de l'amour. Et c'est ce qu'il y a de plus important, ma chérie. »

13

Pendant ce temps, un homme étrange du nom de Facilier avait réussi à attirer le prince Naveen et Lawrence dans son repaire. Facilier les tira au tarot et leur dit qu'il pouvait exaucer tous leurs vœux. Lawrence souhaita ressembler au prince afin de ne plus avoir à obéir à personne. Quant à Naveen, il ne désirait qu'une chose : continuer à mener la belle vie.

Lorsque Facilier tira les cartes, les vies de Naveen et de Lawrence changèrent du tout au tout.

Ce soir-là, Charlotte fut ravie de voir le prince arriver au bal masqué. Elle ignorait que Facilier s'était servi d'un talisman magique pour donner à Lawrence l'apparence de Naveen. Facilier avait un plan : il souhaitait que Lawrence épouse Charlotte afin de pouvoir ensuite dérober sa fortune à Big Daddy LaBouff.

Pendant la soirée, tandis que Charlotte dansait avec l'imposteur, Tiana servait des beignets à monsieur Fenner et à monsieur Fenner.

« Nous avons reçu une offre plus intéressante que la vôtre, dit soudain le second monsieur Fenner à Tiana. Si vous ne pouvez renchérir, vous perdrez la manufacture. »

Tiana eut le cœur brisé.

« Mais nous avions une entente ! » s'écria-t-elle.

Sous le coup de l'émotion, elle trébucha, tomba sur la table au milieu des beignets et tacha sa magnifique robe.

Charlotte conduisit Tiana à l'étage et lui prêta un
costume de princesse.

« Tu es belle comme une rose du printemps ! »
s'exclama Charlotte avant de retourner au bal.

Tiana sortit sur le balcon et regarda l'étoile du soir.
Elle désirait tellement acquérir la manufacture de sucre...
Elle ferma les yeux et fit un vœu.

Lorsqu'elle rouvrit les yeux, elle vit devant elle une grenouille.

« Un baiser, ce serait bien », lança celle-ci.

Une grenouille qui parle ! Tiana hurla et courut se réfugier dans la chambre de Charlotte.

« Je suis le prince Naveen de Maldonia », dit la grenouille.

Elle expliqua ensuite qu'elle devait recevoir un baiser d'une princesse pour retrouver sa forme humaine.

« Si vous m'aidez, je vous récompenserai ou j'exaucerai l'un de vos souhaits », ajouta la grenouille.

Tiana accepta d'aider le prince en se disant qu'elle pourrait utiliser la récompense promise pour ouvrir son restaurant. Elle s'approcha, et MOUAK !, embrassa l'animal, et POUF ! Mais Naveen n'avait pas changé de forme ; c'est Tiana qui venait de se transformer en grenouille !

« Ahhhhhh ! hurla-t-elle. Qu'est-ce que vous m'avez fait ? »

Dans une pièce retirée du manoir LaBouff, Facilier était furieux que Naveen se soit échappé. Il avait besoin du prince pour que le sort continue de faire effet. Sinon, Lawrence ne pourrait conserver l'apparence de Naveen.

«Gagne le cœur de Charlotte et nous nous partagerons la fortune des LaBouff», ordonna Facilier au valet.

Pendant ce temps, les grenouilles furent chassées du bal masqué et jetées dans le bayou. C'est alors que Naveen comprit que Tiana n'était pas une vraie princesse.

« Ce n'est pas étonnant que le baiser n'ait pas fonctionné ! » s'écria-t-il.

Mais il ne pouvait pas en vouloir à Tiana. D'autant plus qu'il n'était pas réellement riche : ses parents lui avaient coupé les vivres jusqu'à ce qu'il apprenne à prendre ses responsabilités.

De toute façon, ce n'était pas le moment de se quereller. Ils devaient se sortir de cette fâcheuse situation, et vite !

Le lendemain matin, tandis que Naveen dormait, Tiana construisit un radeau. Un peu plus tard, Naveen jouait du ukulélé pendant que Tiana tentait de manœuvrer l'embarcation dans le bayou. Elle se rendit compte qu'elle allait devoir faire tout le travail toute seule.

Soudain, un alligator surgit à la surface de l'eau ! Heureusement, il n'était pas affamé. Il avait simplement été attiré par la musique de Naveen. L'alligator s'appelait Louis et il adorait jouer de la trompette.

Naveen était heureux de pouvoir jouer de la musique avec Louis. Tiana, elle, ne pensait qu'à une chose : trouver une façon de rompre le sortilège.

Apprenant leur histoire, Louis leur expliqua que Mama Odie, une vieille femme qui pratiquait le vaudou, pourrait sans doute les aider.

Au même moment, au manoir LaBouff, le valet
Lawrence demandait Charlotte en mariage. Cependant,
sans le prince Naveen à proximité, l'effet du talisman
commençait à s'estomper. Mais Charlotte était tellement
excitée à l'idée d'épouser le prince qu'elle ne remarqua pas
que Lawrence reprenait peu à peu sa véritable apparence.
   « Nous aurons un mariage du Mardi gras ! » s'exclama-t-elle.

Dans le bayou, Tiana et Naveen comprirent rapidement qu'ils n'étaient pas faits pour s'entendre. Ils découvrirent aussi qu'il était difficile d'être une grenouille ! Affamés, ils tentèrent d'attraper une luciole, mais ils ne réussirent qu'à s'emmêler dans leurs langues.

« Laissez-moi éclairer la situation », plaisanta la luciole tandis qu'elle aidait Tiana et Naveen à se démêler. Elle leur proposa ensuite de les conduire chez Mama Odie.

La luciole s'appelait Ray. Pendant qu'ils se dirigeaient tous vers la maison de Mama Odie, Ray parla de l'amour de sa vie, Évangéline.

« C'est la plus belle luciole du monde, dit-il.

— Si j'étais toi, je ne m'enflammerais pas trop vite », lui conseilla Naveen.

Excédée par la nonchalance du prince, Tiana se frayait un chemin dans le bayou à grands coups de bâton. Elle désirait trouver Mama Odie au plus vite pour pouvoir reprendre sa forme humaine. Elle serait ensuite débarrassée du prince pour de bon !

Soudain, Naveen fut pris dans un filet par trois hommes qui avaient décidé de manger des cuisses de grenouilles pour souper.

Afin d'aider son nouvel ami, Ray tenta de distraire les chasseurs en s'engouffrant dans la narine de l'un d'eux. Malheureusement, à cet instant, les deux autres chasseurs capturèrent Tiana !

Tiana et Naveen se mirent alors à bondir dans toutes les directions. Les chasseurs tentèrent de les attraper, mais ils se cognèrent violemment les uns contre les autres.

« Ce sont les grenouilles les plus intelligentes que j'aie jamais vues ! s'exclama l'un d'eux.

— Et nous parlons, en plus ! lança Tiana. »

Elle et Naveen rirent aux éclats lorsque les chasseurs, pris de panique, s'enfuirent à toute vitesse.

Plus tard, Tiana commença à
préparer le repas. Naveen voulut l'aider, mais il ne
savait pas cuisiner.

« Le jour où mes parents m'ont coupé les vivres,
j'ai réalisé que je ne savais rien faire », avoua le prince.

Tiana réalisa alors que sous les airs nonchalants de
Naveen se cachait un être vulnérable. Elle lui montra
donc gentiment comment couper des champignons.
Bientôt, la bonne odeur du gombo se répandit dans
le bayou. Ray et Louis raffolèrent du plat que Tiana et
Naveen avaient préparé ensemble !

Après le repas, Ray regarda le ciel.

« La voilà ! La plus belle luciole du monde ! » s'écria-t-il.

Évangéline était en réalité... l'étoile du soir !

Lorsque Louis commença à jouer de la trompette, Naveen invita Tiana à danser.

Tout à coup, des ombres maléfiques envoyées par Facilier apparurent dans le bayou. Elles se saisirent du prince et l'entraînèrent avec elles. Louis et Ray essayèrent de les en empêcher, mais les ombres étaient trop puissantes.

Soudain, l'air se remplit d'étincelles qui firent disparaître les ombres les unes après les autres.

« Pas mal pour une vieille femme aveugle de 197 ans ! » dit une voix en riant.

C'était Mama Odie.

Elle et son serpent, Juju, invitèrent les amis à monter à bord du vieux bateau qui leur servait de maison.

« Nous devons retrouver notre forme humaine, la
supplia Tiana.

— Vous voulez être humaine, mais vous ne vous y prenez
pas de la bonne façon ! répondit Mama Odie. »

Les grenouilles ne comprenaient pas. Mama Odie brassa
son gombo. Tiana regarda dans le chaudron et aperçut
Charlotte qui s'apprêtait à devenir la princesse du Mardi gras.
C'était clair, maintenant. Si Naveen parvenait à embrasser
Charlotte avant minuit, tous deux pourraient redevenir humains !

Tiana, Naveen, Louis et Ray montèrent à bord d'un bateau afin de se rendre au festival du Mardi gras. Pendant le trajet, le prince avoua à Ray qu'il était amoureux de Tiana.

Ce soir-là, elle et Naveen soupèrent en tête-à-tête. Au moment où le prince s'apprêtait à demander Tiana en mariage, celle-ci aperçut la manufacture de sucre.

«Papa et moi avons toujours rêvé d'ouvrir un restaurant à cet endroit», soupira-t-elle.

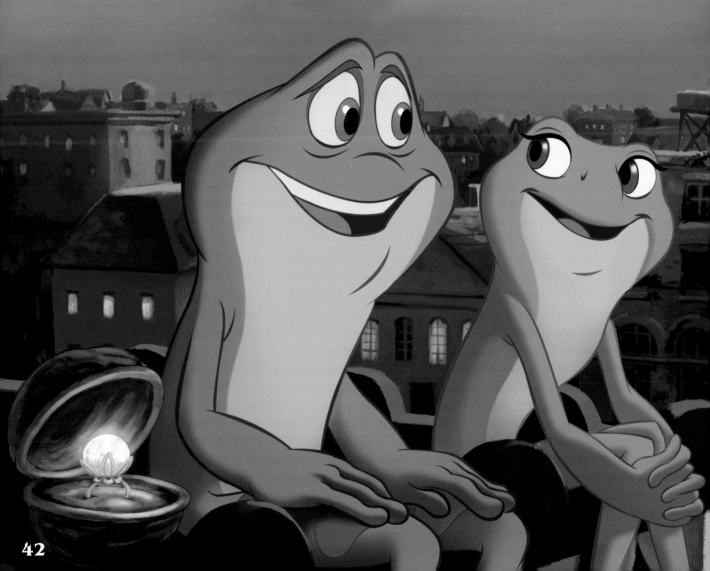

Naveen comprit qu'il ne pourrait jamais aider Tiana à réaliser son rêve, à moins d'épouser Charlotte. Le cœur brisé, il s'éloigna en sautillant jusqu'à un endroit isolé afin d'être seul pour réfléchir. Mais à cet instant, les ombres maléfiques de Facilier surgirent et s'emparèrent de lui.

Les ombres se glissèrent dans le manoir de la famille LaBouff, et Facilier se servit du prince pour raviver la magie du talisman. Lawrence allait bientôt pouvoir reprendre l'apparence de Naveen et épouser Charlotte.

Lorsque Naveen comprit enfin le stratagème de Facilier, ce dernier l'enferma dans une commode.

Pendant ce temps, Ray révéla à Tiana quels étaient les sentiments de Naveen à son égard.

« Il est amoureux de toi ! »

En apprenant cette nouvelle, Tiana sauta de joie et se précipita au défilé pour voir si le prince avait embrassé Charlotte. Elle vit plutôt que Charlotte et Naveen étaient sur le point de se marier ! Ignorant qu'il s'agissait en fait de Lawrence, elle fondit en larmes et s'enfuit, persuadée qu'elle resterait une grenouille toute sa vie et que ses rêves ne se réaliseraient jamais.

Heureusement, entre-temps, Ray avait retrouvé le véritable Naveen et l'avait délivré. Les deux amis se rendirent ensuite au défilé pour empêcher le mariage de Charlotte et du faux prince. Au moment où ceux-ci allaient prononcer les mots «Je le veux», Naveen arracha le talisman du cou de Lawrence et le lança à Ray.

«Cache-toi!» hurla Facilier à Lawrence, qui venait de retrouver son apparence de valet.

Plus loin dans le défilé, Louis réalisait le rêve de sa vie : jouer de la trompette avec un groupe de jazz durant les festivités du Mardi gras ! Ray s'approcha de lui en volant, transportant péniblement le talisman. Facilier et ses ombres maléfiques étaient aux trousses de la luciole exténuée. « Le jazz va devoir attendre, se dit Louis. Mon ami a besoin de mon aide ! » L'alligator sauta du char allégorique et se précipita à la rescousse de Ray.

La luciole parvint ainsi à retrouver Tiana et à lui remettre le talisman. Cette dernière s'en saisit et s'enfuit avec le collier magique. Furieux, Facilier frappa Ray avec sa canne.

Les ombres ne tardèrent pas à rattraper Tiana. Facilier lança une poignée de poussière magique dans les airs afin de créer une illusion : Tiana était de nouveau humaine... et dans son restaurant !

« Si tu souhaites que ceci devienne réalité, rends-moi le talisman que tu tiens entre tes mains », lui dit Facilier.

À cet instant précis, Tiana se souvint de son père. Il avait été entouré d'amour, il n'avait jamais manqué de rien et il n'avait jamais trahi ses principes pour obtenir quoi que ce soit. Elle brisa le talisman.

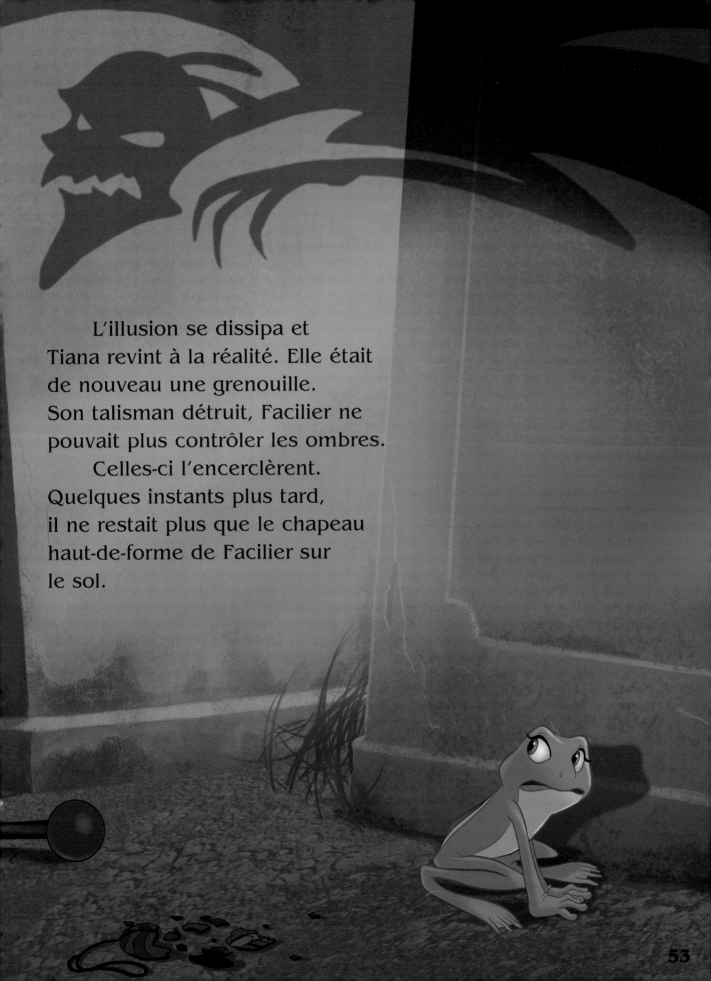

L'illusion se dissipa et
Tiana revint à la réalité. Elle était
de nouveau une grenouille.
Son talisman détruit, Facilier ne
pouvait plus contrôler les ombres.
Celles-ci l'encerclèrent.
Quelques instants plus tard,
il ne restait plus que le chapeau
haut-de-forme de Facilier sur
le sol.

Tiana partit à la recherche de Naveen. Elle le trouva au moment où il demandait à Charlotte de l'épouser.

« Mais souviens-toi, l'entendit-elle dire à la princesse du Mardi gras, tu devras donner à Tiana l'argent nécessaire pour qu'elle puisse ouvrir son restaurant. Car, tu sais, Tiana est mon Évangéline. »

« Attends ! l'interrompit Tiana. Mon rêve n'aurait pas de sens sans toi ! »

Les yeux de Charlotte se remplirent d'eau.

« J'ai lu des histoires sur le grand amour toute ma vie, dit-elle. Tiana, tu l'as trouvé ! »

Elle se retourna vers Naveen.

« Je vais vous embrasser, Votre Altesse. Et vous n'aurez pas besoin de m'épouser ! »

Malheureusement, il était trop tard. Les douze coups de minuit avaient sonné. Tiana et Naveen étaient condamnés à demeurer des grenouilles, mais c'était sans importance car ils étaient ensemble – et ils avaient trouvé l'amour.

À ce moment, ils virent Louis qui se dirigeait vers eux, tenant Ray dans sa main. La lueur de l'insecte faiblissait. Facilier l'avait gravement blessé.

Naveen et Tiana pleuraient en se tenant les mains.

« Nous allons nous marier, lui apprirent-ils.

— J'en suis très heureux, répondit Ray en souriant. Et Évangéline aussi... »

Puis, la lueur de la petite luciole s'éteignit.

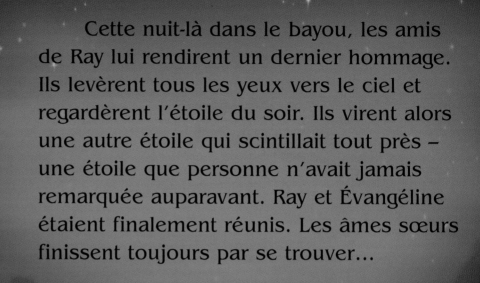

Cette nuit-là dans le bayou, les amis de Ray lui rendirent un dernier hommage. Ils levèrent tous les yeux vers le ciel et regardèrent l'étoile du soir. Ils virent alors une autre étoile qui scintillait tout près – une étoile que personne n'avait jamais remarquée auparavant. Ray et Évangéline étaient finalement réunis. Les âmes sœurs finissent toujours par se trouver…

Quelques jours plus tard, Mama Odie maria Naveen
et Tiana. Au moment où ils s'embrassèrent, les amoureux
reprirent leur forme humaine !

« Ne vous l'avais-je pas dit ? Seul le baiser d'une princesse
pouvait rompre le sortilège ! s'exclama Mama Odie en riant.

— Et puisque nous sommes mariés, commença Naveen,
tu es devenue...

— ...une princesse ! compléta Tiana. Tu viens d'embrasser
une princesse ! »

Tiana et Naveen retournèrent à La Nouvelle-
Orléans où fut finalement célébré leur mariage royal.
Les parents de Naveen furent heureux de
constater que leur fils avait enfin appris à
prendre ses responsabilités, et Eudora
était émue de voir que sa fille avait
trouvé le grand amour.

Bientôt, un nouveau restaurant ouvrit ses portes – Le palais de Tiana. C'était le meilleur endroit en ville pour déguster des plats exquis, écouter de la musique jazz et passer une soirée inoubliable.

Tiana ne pouvait rêver mieux. Elle avait tout ce qu'elle avait toujours désiré et tout ce dont elle avait besoin.